RUIZ

I0593016

KANSAS CITY PUBLIC LIBRARY

Scholastic

Clifford® EL GRAN PERRO COLORADO

EL PERRO QUE GRITÓ "¡SOCORRO!"

Adaptado por Bob Barkly
Ilustrado por John Kurtz

Basado en la serie de libros de Scholastic:
"Clifford, el gran perro colorado",
escritos por Norman Bridwell

Adaptación del guión de televisión *"The Dog Who Cried 'Woof!'"* de Anne-Marie Perrotta y Tean Schultz

Cartwheel
B·O·O·K·S·®

SCHOLASTIC INC.

New York   Toronto   London   Auckland   Sydney   Mexico City
New Delhi   Hong Kong   Buenos Aires

Originally published in English as *The Dog Who Cried "Woof!"*
Translated by Ana Suárez.

No part of this publication may be reproduced, or stored in a retrieval system, or transmitted in any form or by any means, electronic, mechanical, photocopying, recording, or otherwise, without written permission of the publisher. For information regarding permission, write to Scholastic Inc., Attention: Permissions Department, 555 Broadway, New York, NY 10012.

ISBN 0-439-31734-7

Copyright © 2001 Scholastic Entertainment Inc. Translation copyright © 2001 by Scholastic Inc. All rights reserved.
Based on the CLIFFORD THE BIG RED DOG book series published by Scholastic Inc. TM & © Norman Bridwell.
SCHOLASTIC, CARTWHEEL BOOKS, MARIPOSA, and associated logos are trademarks and/or registered trademarks of Scholastic Inc.
CLIFFORD, CLIFFORD THE BIG RED DOG, and associated logos are trademarks and/or registered trademarks of Norman Bridwell.

10 9 8 7 6 5 4 3 2   01 02 03 04 05

Printed in the U.S.A.   24
First Scholastic Spanish printing, September 2001

—¡Qué día tan bonito!

—dijo Cleo—.

¡Vamos a jugar al

corre que te pesco!

—Este…, no, gracias

—dijo Clifford.

—El fantasma de la Mofeta
Malvada está en el bosque
—dijo T-Bone.

—Creo que mide cinco
metros de alto y huele peor
que veinte mofetas juntas.

PARQUE

—Esos son cuentos
—dijo Cleo—. No
me digan que creen
en esas cosas.

—Claro que no lo creemos

—contestó Clifford.

—¿Entonces qué esperamos?

—preguntó Cleo—. Clifford,

te toca a ti primero.

Cleo y T-Bone corrieron al bosque.

Clifford salió corriendo detrás de ellos.

Cleo corría muy rápido...

pero Clifford corría más rápido todavía.

Cuando estaba a punto de alcanzarla,

Cleo gritó:

—¡Cuidado! ¡Detrás de ustedes!

Clifford se detuvo de golpe

y T-Bone también.

—¿Qué pasa? —preguntaron.

—El fantasma de la Mofeta

Malvada —gritó Cleo.

Clifford y T-Bone se

dieron la vuelta,

pero allí no había nadie.

Cleo soltó una risita traviesa.

—Les tomé el pelo.

—Eso no tiene ninguna gracia —dijo T-Bone—. Nos diste un susto.

—Lo siento —dijo Cleo—,

pensé que ya sabían que

la Mofeta Malvada no existe.

¡Vamos a nadar!

¡PLIS!

¡PLAS!

Los perros saltaron

a la laguna.

—¿Dónde está Cleo?

—preguntó Clifford de repente.

—Estaba aquí hace un minuto

—contestó T-Bone.

Justo en ese momento

oyeron gritar a Cleo.

—¡Socorro! ¡Me atrapó

la Mofeta Malvada!

Clifford y T-Bone

corrieron a rescatarla.

Cuando la encontraron,

estaba sola y muerta de risa.

—¡Nos engañaste de nuevo!

—dijo Clifford enojado—.

Eso no se hace.

—Era una broma —dijo Cleo.

Pero a Clifford y T-Bone

no les pareció nada divertido.

Se dieron la vuelta

y se fueron.

—No se enojen

—les gritó Cleo—.

Lo siento.

Cleo trató de alcanzar
a sus amigos, pero
se le trabó el moño
en una rama.

—¡Ayúdenme! —gritó.

Clifford y T-Bone

siguieron su camino.

Creían que era

otra broma de Cleo.

Entonces la oyeron

gritar de nuevo.

Cleo parecía

muy asustada.

Algo olía muy mal.

—¡Puaj! —dijo Clifford—.

Debe ser la Mofeta Malvada.

Seguro que pescó a Cleo.

Clifford y T-Bone corrieron

de nuevo hacia el bosque.

Cleo estaba con una mofeta,

pero no era un fantasma.

Era una mofeta de verdad.

De carne y hueso.

T-Bone se tapó la nariz
mientras Clifford
liberaba a Cleo.

—Gracias, amigos

—les dijo Cleo—. Siento

haberles tomado el pelo.

Cleo corrió a su casa

a darse un baño.

Luego salió a buscar

a sus amigos.

—Nunca más les haré bromas pesadas —les prometió—. He aprendido la lección más pestilente de mi vida.

¿Te acuerdas?

Encierra en un círculo la respuesta correcta.

1. ¿A qué quería jugar Cleo en el bosque?
   a. a las escondidas
   b. al béisbol
   c. al *corre que te pesco*

2. Clifford y T-Bone tienen miedo de…
   a. un pájaro.
   b. la Mofeta Malvada.
   c. la oscuridad.

¿Qué pasó primero?
¿Qué pasó después?
¿Qué pasó al final?
Escribe 1, 2 ó 3 en la línea que hay junto a cada oración.

Clifford y T-Bone saltaron
a la laguna.   _____

A Cleo se le trabó el moño
en una rama.   _____

Clifford, Cleo y T-Bone
llegaron al parque.   _____

Respuestas:

Clifford, Cleo y T-Bone llegaron al parque. (1)
A Cleo se le trabó el moño en una rama. (3)
Clifford y T-Bone saltaron a laguna. (2)
2. b
1. c